Tanizaki Junichiro

吉野葛

よしのくず

[日] 谷崎润一郎 著

竺家荣 译

作家出版社

目录

其一　自天王 …………… / 001

其二　妹背山 …………… / 013

其三　初音鼓 …………… / 026

其四　狐唉 …………… / 040

其五　国栖 …………… / 060

其六　入波 …………… / 084

其一　自天王

说起我去大和的吉野腹地游历，已是二十年前的事了，即明治末或大正初年。那时候可不像现在，交通十分不便，至于我为何起意要去那种深山老林——用今天的话说，就是"大和阿尔卑斯"那种地方呢？——此事要从头说起了。

想必有读者知道，自古以来那个地方，尤其是十津川、北山、川上一带一直流传着关于南帝后裔的传说，至今仍被当地人称为"南朝王殿下"或是"自天王殿下"。这位自天王，即后龟山帝的玄孙北山宫殿下，在历史上实有其人，此说已为历史学家论证，绝不仅是传说。简略地说吧，在一般中小学历史教科书里，南朝的元中九年，北朝的明德三年，即义满将军执政时期，两朝议和，实现了南北统一。由此，所谓的吉野朝，即后醍醐天皇自延元元年建立的朝廷，在经历五十余载后灭亡了，但是此后，嘉吉三年九月二十三日深夜，一个名为楠二郎正秀之人，拥立大觉寺派的亲王万寿寺殿下，突然袭击了土御门皇宫，盗走三种神器，逃至睿山之中。当时，在追兵追击之下，亲王自杀身亡，神器之中的宝剑与八咫镜被追回，只有神玺落于南朝人之手。那楠氏越智氏一族继而拥立万寿寺亲王的两个儿子为王，兴举义兵。由伊势至纪井，由纪井至大和，逐渐逃往北朝军鞭长莫及的吉野腹地的深山僻壤，尊亲王长子为自天王，尊亲王次子为征夷大将军，改年号为天靖，在敌军难觅踪迹的峡谷里持有神玺长达六十余年。然而，因遭赤松家遗臣设计，长禄元年十二月，两个皇子在官军讨伐下命丧九泉，大觉寺一脉的皇族最终被彻底剿灭。因此，若从此时往上推算，从延元元年至元中九年是五十七年，从元中九年再到长禄元年是六十五年，在总计长达一百二十二年之久的时间里，确实有拼死维持南朝余脉的皇族生活在吉野，一直在与京城抗衡。

自远祖以来，吉野之民就号称对南朝一心不贰，一贯秉承忠于南朝的传统。每当提起南朝，吉野的人们便如数家珍地一直说到这位自天王，至今仍坚决主张："我南朝不是五十余年，而是长达一百多年呢。"这也不难理解。我少年时代也爱读《太平记》，因而对南朝的秘史颇感兴趣，还曾想过以自天王的事迹为中心，构思一部历史小说——这个想法很早之前就有了。

据一部收集了川上当地传说的书上记载，南朝遗臣们因畏于北朝来袭，曾一度从现在被称为大台原山脚下的入波，迁移到了通往伊势边境大杉谷一带人迹罕至的深山里，在一个名叫三公谷的峡谷里建了一座王宫，并把神玺藏于岩洞之中。另据《上月记》《赤松记》等书记载，假装投降了南帝的间岛彦太郎及手下三十名赤松家余党，于长禄元年十二月二日，乘着下大雪之机突然发动叛乱。一队叛军突袭大河内的自天王王宫，一队直扑神谷的将军府。自天王虽挥刀迎战，奋力拼杀，终因寡不敌众，为逆贼所杀。逆贼夺取王之首级和神玺逃窜途中，遇大雪受阻，逃至伯母峰时天色已暮，遂将首级埋于雪中，在山中过了一夜。不料翌日清晨，吉野十八乡的庄司率众追击而来，激战之时，由于被埋于雪中的自天王首级突然喷出血来，庄司们立即将其挖出夺回。上述经过各史书记载虽略有出入，但《南山巡狩录》《南方纪传》《樱云记》《十津川记》等史书里也都有记载，尤其是《上月记》和《赤松记》，或由当时亲历者年老后撰写的，或其子孙记录的口述内容，因此其真实性无可置疑。又据某书记载，自天王当时年仅十八岁。此外，在嘉吉之乱中一度灭亡的赤松家族之所以能够东山再起，乃是由于他们那时弑杀了南朝的两位皇子，将神玺夺回京都而因功封赏的缘故。

归根结底，从吉野深山到熊野一带，由于交通不便，一些古代传说和名门望族得以延续也不足为奇。例如，据说曾经充作后醍醐天皇临时行宫的穴生的堀氏府第等，不仅其部分建筑保存至今，而且其子孙后代如今仍安居其宅邸之中。此外，《太平记》的"大塔宫熊野逃亡"一章中提及的竹原八郎一族——皇子曾在此家小住，甚至同东家之女生下一子,那竹原子孙如今也很昌盛。更为古老的还有居于大台原山中的五鬼继部落——当地人称其为鬼的子孙,决不与其通婚,而他们自身也不愿同部落以外的人结合,且自称为役行者[①]的前鬼后裔。既然其地方风俗如此,尊崇南朝君主的乡土血统,即被称作"皇族后人"的名门世家为数众多。譬如柏木一带,每年一到二月五日,便举行"南朝王"祭祀,在曾经的将军府遗址——神谷金刚寺里举行庄严的朝拜仪式。在祭日那天,数十户"皇族后人"们被准许身着印有十六朵菊花家纹的武士礼服,同代理知事和郡长等人就座于上座。

我了解了这许多资料后,对于早就萌生的写一本历史小说的想法更是热情倍增了。南朝——吉野樱花——

---

① 奈良时代修验道鼻祖役小角。

深山秘境——十八岁的英姿勃发的自天王——楠二郎正秀——藏于岩洞深处的神玺——从雪中喷出血来的大王首级——仅这样罗列起来，已堪称绝好的题材了，更何况那地方的景致首先就无与伦比。在这大自然的舞台上，有溪流，有断崖，有宫殿，有茅庐，有春樱，有秋叶，这万千美景可以信手拈来，衬托出帝王传说的千般风流。更何况这些故事并非无中生有的空想，且不说正史，就连一般的记录和古文书上亦有详细记载，因此，作者只需将所掌握的史料巧做编排，便可形成一部妙趣横生之作。倘若再给史实稍加润色，适当加入些逸闻、传说，附会一些地方名胜、鬼的子孙、大峰的苦行僧、熊野封禅等，进而再演绎一位与大王匹配的美女——大塔宫后代的某公主亦未尝不可——想必越发地好看了。

令我不解的是：如此丰富的素材，为什么至今未曾引起稗史小说家的注意呢？不错，马琴写过一部未曾完成的《侠客传》。我虽没有读过，但听说其主人公是楠氏的一个名叫姑摩姬的虚构女子，似乎与自天王的事迹毫无干系。还听说德川时代有过一两本以吉野王为题材的作品，但说不好在多大程度上是以史实为依据的。总而言之，在社会上流传的作品范围内，无论是读本，还是"净琉璃"或戏剧等，都未曾看到过此类题材。由于这些缘故，我便想要趁着还无人染指之时，利用这些素材构思出一部小说来。

事也凑巧，凭着一个意想不到的缘分，使我打听到了许多有关那深山峡谷一带的地理状况和风土人情。我所说的缘分即是一高时代的朋友津村，他虽然出身大阪，但有亲戚住在吉野国栖，于是我多次通过津村搭桥，前往吉野采风。

名叫"kuzu"的地方，吉野川沿岸附近有两处。位于下游的写作"葛"字，上游的则写作"国栖"。源自那位飞鸟净见原天皇，即天武天皇的谣曲而闻名于世的"kuzu"乃是后者。然而，无论葛，还是国栖，都不是吉野特产——葛粉的产地。葛那边我不清楚，国栖这里的村民大多以造纸为生，而且使用的是今已罕见的原始方法：将楮树纤维在吉野川水中漂白后制成手抄纸。还听说这个村里姓"昆布"这一罕见姓氏的人特别多。津村的亲戚也改姓昆布，同样以造纸为业，而且是村里作坊最大的一家。津村告诉我，这昆布氏也是当地数一数二的名门望族，大概与南朝遗臣血统多少有些沾亲带故。

关于"入波"读作"shionoha"，"三公"读作"sannnoko"，我也是请教了津村的亲戚家后才知道的。此外，据昆布氏给出的说明，从国栖到入波，要翻越过五社峰岭，得走

40多里路。由那里前往三公的话,到峡谷入口处有15里路,若到昔日自天王居住过的山里,则要走30多里。当然,我也不过是问问,即使从国栖这一带出发,也很少有人到那么远的上游去。不过,听顺流而下的撑篙夫讲,山谷深处的一块叫作八幡平的洼地里住有五六户烧炭人家。从那里再往前走五十丁[①],有一处叫作"尽头隐平"的地方,那里既有人们传说中的王宫遗址,又有供奉神玺的岩洞。然而,从山谷入口处往里去的30里路,全都是无路可走的悬崖峭壁。纵然是在大峰修行的苦行僧也不会轻易进入那里。柏木附近的人们,一般只是去入波川岸边涌出的温泉里泡泡澡,便折返回来。其实,若敢于进入峡谷深处探险的话,即可发现无数温泉喷涌于溪

---

① 日本度量衡单位,约为109米。

流之中，明神瀑布等多条飞瀑高挂山崖。可是据说知道这一绝景的，唯有山里汉子和烧炭翁而已。

撑篙夫的这些讲述，更加丰富了我的小说构思。本来小说素材已具备了诸多妙不可言的条件，现在又添加了溪流喷泉这一不可多得的布景。不过，由于我已在遥远的地方，了解过所有能够接触到的资料了，因此，假如那时没有津村的怂恿，我恐怕是不可能探访那荒山深谷的。既然手头已有如此丰富的材料，不进行实地踏勘，余下的部分也可以凭着自己的想象构思出来，那样反倒更随心所欲一些。

记得那年十月末或十一月初，津村怂恿我说："机会难得，何不去那边看看？"他说正好有件事要去一趟国栖的亲戚家，就算去不了三公，但咱们在国栖周边走一走，亲眼见识一下那里的地貌和风俗，对你的写作肯定大有裨益。你不必拘泥于南朝的历史，那地方奇闻逸事俯拾皆是，搜罗些与那个传说不一样的素材，足够你写两三部小说的呢。绝对不会让你白跑一趟的，你就拿出点职业精神来好不好！正赶上现在这个好季节，外出一游正当其时。吉野樱花固然闻名天下，但吉野秋色也毫不逊色呢。

虽说这铺垫太长了些，总之是因为上述缘故，我才突然决意启程前往的。当然津村说的"职业精神"也起了作用，不过坦率地说，悠游自在地去游山玩水才是我此行的主要目的。

其二　妹背山

　　津村说，他已预订了奈良若草山麓的一家名叫武藏野的旅店，于某日从大阪出发去奈良。于是，我乘夜班车离开东京，中途在京都住一晚，翌日一早到达了奈良。那家名叫"武藏野"的旅店至今犹在，但听说已不是二十年前的老板了。我记得当时那旅店的样式古色古香的，清雅脱俗。铁道省盖的宾馆要比它稍晚一些，故而在那个时候，"武藏野"同"菊水"都是一流的旅店。津村早已等得不耐烦的样子，想尽快上路，而我也不是第一次来奈良，趁着好天气，我们只是从客厅窗口眺望了一两个小时若草山，便出发了。

在吉野口换乘"哐当哐当"作响的窄轨列车到吉野站后，再往前就得沿吉野川岸边的路步行了。走到《万叶集》中的"六田淀"——"柳渡"附近，路分为两条。向右去的一条通往赏樱胜地吉野山。一过桥即是下千本，接下去是关屋樱、藏王权现、吉水院、中千本……每年春天，这些地方都因前来观赏樱花的游人而熙熙攘攘，人潮涌动。说起来，我也来看过两次吉野的樱花。一次是年幼的时候，由母亲领着去京都一带游览的时候。后来上高中时，我自己又去过一次，印象中也是挤在人群之中，沿着这条山路往右边去的，而左边这条路，我还是第一次走。

最近，由于汽车、电缆车已经通到了中千本，估计不会再有人在这一带悠然地漫步赏樱了，但从前来这里观赏樱花的人,肯定会选择这两条路中的右边这条岔路,走到六田淀的桥上,眺望吉野川两岸的美景。

"你看那边!那就是妹背山。左边的是妹山,右边的是背山……"

当时导游的车夫,会从桥栏杆上指着吉野川的上游方向,让游客驻足观看。记得那时,母亲也曾让人力车停在桥中间,把年幼无知的我抱在膝头,对着我的耳朵说道:"你还记得《妹背山》那出戏吧?那就是真正的妹背山!"

我那时候还小,对妹背山并没有留下清晰的印象。虽已是四月中旬,山里依然寒气袭人。在樱花盛开季节的黄昏,远远望去,只见暮色苍茫的天空底下,吉野川从九曲十八弯的遥远山峡那边蜿蜒而来,河面上阵风掠过之处泛起一道道细微的涟漪。就在那山与山的空隙之间，透过暮霭迷蒙隐约可见两座形状可爱的山丘。虽然不可能看清楚两座山是隔河相望的，但我早已从戏剧里知道它们相隔于河流两岸。在歌舞伎的舞台上，大法官清澄之子久我之助和他的未婚妻——名叫雏鸟的少女，一个人在背山，一个人在妹山，紧临山谷筑起高楼，相望而居。即使在《妹背山》的戏中，这种场面也极富童话色彩，因此深深刻印在我这个少年的心里。当时听母亲这么一说，我马上想道："噢，原来那就是妹背山啊！"随即沉浸在孩子气的幻想之中：要是现在去那峡谷的话，可能会见到久我之助和那个少女呢！从此以后，我便忘不掉在这座桥上看到的景致，常常情不自禁地回想起来。

在我二十一二岁那年春天，再次来到吉野时，也同样倚靠着桥上的栏杆，一边怀念去世的母亲，一边久久地凝望吉野川上游的景色。由于河水从这吉野山的脚下注入到扇面般扩展开来的平原之中，原本湍急跌宕的激流，便呈现出"一马平川水流缓"的悠闲之态。向远处望去，能看见上游左岸的上市，那个镇子里只有一条背山临水的街道，街道两旁坐落着很多低矮的、偶见白色墙壁的朴素农家。

我今天走上六田桥的桥头后，没有停留，径直拐向左侧的岔路，朝着以前一直从下游眺望的妹背山所在的方向走去。道路沿着河岸笔直地向前延伸着，看似平坦好走，可听别人说，从上市开始，经过宫瀑、国栖、大瀑、迫、柏木，便会逐渐深入吉野腹地的深山密林，来到吉野川的发源地，翻过大和与纪井的分水岭之后，就抵达熊野浦了。

由于我们从奈良动身较早，正午刚过便进入了上市。排列于街道两侧的住家式样与我在那座桥上想象的一样，甚是古朴无华。虽说靠河岸一侧的房屋稀稀落落，形成单侧坐落民房的街道，但大部分房屋构造都遮挡了河流的景致。被烟熏黑的格子窗、像阁楼般低矮的二层楼，在街道两旁一家挨着一家。我一边走一边朝昏暗的格子窗里面窥去，只见里面多是庄户人家常见的那种没铺地板的房间，可一直看到后门。几乎在每家的大门上都挂着藏蓝色的布帘，上面印着白色的店铺字号或姓名。不光是开店的人家，就连殷实人家也大抵如此。家家户户临街一面的房檐全都压得低低的，门面很狭窄，但从布帘向里面望去，隐约可见内院的树木，有的还建有厢房。看来这一带的房屋至少有五十年，甚至一二百年的历史了。

　　房屋虽然古老，每户人家的门窗裱纸却都是崭新的，就像刚刚贴上去的一样，没有污痕，哪怕一点裂口也被花瓣形状的剪纸精心修补了。白色的裱纸在空气清澄的秋日里，令人感觉格外清冷雪白。裱纸如此洁净，大概是因为山里没有浮尘，也可能是由于此地不使用玻璃窗，因而对于拉窗裱纸要比城里人更为敏感之故吧。虽说像东京那边的住家那样，窗户外侧加一层玻璃窗比较好，否则的话，拉窗纸要么又脏又黑，要么破洞会钻进风来，不能放任不管。总之，这拉窗裱纸那清爽悦目的洁白，将家家户户的格子门、隔扇被烟熏得黑黑的住宅，打扮得宛如一位家境贫寒却衣着整洁的美女一般朴素雅致。我望着照在拉窗裱纸上的日光，不由得深深感慨秋天就是美啊！

尽管朗日晴空，湛蓝如洗，映在窗纸上的日光却明亮而不刺眼，美得令人陶醉。秋阳已经转至西边的河流上方，所以那日光是照在街道左侧人家拉窗上的光线又反射到右侧房屋中的。果蔬店头摆放的黄澄澄的柿子尤其好看。木淡柿①、御所柿②、美浓柿等形状各异的柿子，将室外的光线吸收到其熟透的晶莹剔透的珊瑚色表面，宛如一颗颗明眸熠熠生辉。就连放在面馆玻璃箱子里的面团儿也被衬得格外光鲜。道旁有的住家房檐下铺着草席，放着簸箕，上面晾着焦炭。不知从何处传来铁匠铺的打铁声和碾米机的"唰唰"声。

我们一直走到小镇尽头，在一家小饭馆的临河房间里用了午餐。站在桥上看时，觉得妹背山似乎在上游很远很远的地方，来到这里才发现只是近在眼前的两个小山丘。两山之间隔着一条河，河这边的是妹山，河那边的是背山——《妹背山妇女庭训》的作者，想必是亲眼

---

① 即在树上就熟了的甜柿子。
② 奈良御所市产的柿子。扁平、子少，熟后是深红色。

见到这里的实景之后才产生那个灵感的吧。不过这里的河面要比戏台上的宽些,并不是戏里那般窄窄的小溪流。纵使两个山丘上曾经有过久我之助的楼阁和雏鸟的楼阁,恐怕也不可能近到能够互相应答的地步吧。其中背山的山脊与其后面的峰岭相连,并不是完整的山形;而妹山则是个完全独立的圆锥体,披着一身繁茂苍翠的绿树外衣。上市的街道一直延伸到这座山的脚下,从河流这边看那些房屋的后墙,二层楼就成了三层,平房也有二层楼高。有的人家从楼上架一条铁丝通到河床上,把水桶挂上面,装满水后,用铁丝将水桶"哧溜哧溜"拉进屋里来。

"我跟你说啊,过了妹背山就能看到义经千本樱了。"津村突然这样说。

"千本樱是在下市吧?听说那里有吊桶'寿司'铺……"

有这么一出净琉璃,说的就是维盛曾以"寿司"铺的养子身份藏身于此的故事，根据这无根无据的戏曲，在下市这个镇子里，便有人自称是维盛的子孙——我虽不曾拜访过那户人家，但听说过这样的传闻。而且还听说，那户人家里虽然没有恶权太了，但至今仍给女儿取名阿里，还在卖吊桶"寿司"。不过，津村提起的前面宫濑对岸的摘菜里，是因为收藏着之前说过的静公主的初音鼓①这个宝物的人家就住在那里。由于顺路，津村便提议"咱们去看看那个宝物吧"。

说起这摘菜里，大概就位于谣曲《静二人》中演唱

---

① 初音鼓，是法皇赐给源义经的名鼓。据《义经记》和《义经千本樱》：左大臣朝方知道义经与其兄赖朝不和，以初音鼓的里皮和表皮来比拟他们兄弟俩，造谣说这是法皇给义经下的诏书，让他去讨伐其兄。为此义经决意一生不敲此鼓。之后他把初音鼓交给爱妾阿静（静御前），并将阿静托付给友人佐藤忠信。阿静听说义经已去了吉野，便私自与"忠信"逃到了吉野，此时忠信也回到义经身边。这时众人才发现阿静身边的"忠信"原来是只狐狸。根据狐狸坦白，初音鼓的里皮表皮是这只狐狸的父母之皮，因怀念父母，才化成"忠信"，与阿静身边的初音鼓相伴相随的。义经深感动物情爱之美，便将初音鼓送给了狐狸。狐狸为报恩，施展法术，救了义经。

的摘菜川岸边吧。"摘菜川岸边,有女翩然自天降……"当谣曲唱到这里时,静公主的亡灵登场,独白:"恨妾身罪孽深重,整日抄经为赎罪。"之后边唱边舞:"我虽万般羞愧,亦未曾忘却昔日情……可将妾之身,比作三吉野川之河,名曰摘菜女。"等等,可知这摘菜里之名与静公主有关,即使作为传说也颇有些根据,或许并非全是瞎编的。《大和名胜绘卷》里也有记载:"摘菜里有一条名川,名曰花笼[①],又有静公主生前暂居处遗址。"由此可以认为,这一传说自古就有吧。

那持有初音鼓之家,如今虽以大谷为姓,昔日称为村国庄司。据其祖上的记录所载,文治年间,义经与静公主落难到吉野之时,曾暂居于其家。此外,摘菜里周

---

① 即采摘花朵的筐,花筐。

边还有象小川、假寐桥、柴桥等名胜，有人趁观光之便前去求看初音鼓。但这家人说是祖传珍宝，除非有可靠的介绍人事先打招呼，否则不肯随便出示于人。因此，津村对我说，他早已为此事拜托国栖的亲戚跟对方垫过话了，多半人家今天正等我们去呢。

"这么说，就是那个蒙着母狐皮的鼓了？静公主'砰'地一敲，忠信狐就马上出现的那个鼓，对吧？"

"嗯，对，对，戏里是这样演的。"

"真的有人家保留着那个宝贝？"

"听说有的。"

"确实是狐皮的鼓面吗？"

"我也没见到，不敢保证。只是听说那户人家的确不是普通人家。"

"多半和吊桶'寿司'铺之类的传说差不多吧！谣曲

里也有《静二人》①，都是从前那些好事的人凭空想象出来的吧！"

"也许吧，不过我还是对那个鼓有点兴趣。不管怎样，一定到大谷家去好好看看初音鼓。很早以前我就有这个念头，这也是我这次旅行的目的之一。"

津村的话里边，似乎含有更深层的意思，但当时他只是说了句"以后有时间再告诉你吧"。

---

① 此谣曲说的是，在信长面前跳舞的摘菜女出现了两个，其中一个是"静御前"的灵魂附身的摘菜女，故名《静二人》。

其三　初音鼓

从上市到宫瀑，道路仍旧沿着吉野川右岸向前延伸。越往山里走，秋色愈加浓郁。我们不时拐进柞树林，"沙沙"地踏着满地落叶前行。这一带枫树较少，且稀稀落落散在各处，然而正值红叶之时，枫树与常春藤、黄栌、山漆等树一起点缀着这个杉树覆盖的崇山峻岭。从最深的红色到最浅的黄色，色彩斑斓。虽然统称为红叶，但放眼望去，有黄色，有褐色，还有红色，真可谓是色彩纷呈、种类繁多。即使同为黄叶，也有着几十种之多浓淡不同的黄色。人们都说野州盐原之秋，让盐原所有居民的面容变成了红色。那种红叶尽染的景观固然赏心悦目，但此处这般五彩缤纷亦有着别样的风采。"百花缭乱"或是"万紫千红"，虽是形容春野之花的用语，但眼前这派以秋季的灿然黄色为基调的美景，若论色调的变化万千恐怕不亚于春日原野。更美的是，那些不时飘落的黄叶，在透过峰与峰空隙间倾泻于谷底的秋光辉映下，有如纷飞的金粉般闪闪烁烁地飘落水中。

《万叶集》里的"天皇幸于吉野宫"，说的就是天武天皇的吉野离宫——据说笠朝臣金村的所谓"三吉野乃多艺都河内之大宫御所"、三船山、人麻吕吟咏的"秋津的原野"等，都在这宫瀑村附近。不久，我们离开村道，过河去对岸。河谷在此处逐渐变窄，河岸危崖壁立，湍急的水流不时撞击着河中巨石，平添一处湛蓝之渊。涓涓细流象小川从那林木葱郁的象谷深处袅袅婷婷流过来，注入那深渊之中，假寐桥便架于这条溪流注入深渊之所。所谓义经曾在此桥歇息之说，恐怕是后人的牵强附会。然而一脉清流之上，芊芊小桥横挂，四周林木掩映，桥上的顶棚如小小船篷般可爱，那顶棚或许是为了遮挡落叶，而非挡雨而盖吧。不然，值此落叶时节，小桥会转瞬间被落叶掩埋。

桥头有两户农家，桥的顶棚下边堆着些柴火捆，几乎成了其自家仓库，只留出勉强可过人的通路。这里是叫作樋口的所在，再往前便分为两条路，一条沿河岸通往摘菜里，一条过假寐桥，经樱木宫、喜佐谷村，再从上千本前往苔清水、西行庵方向。静公主歌中所唱的"仰望山头雪皑皑，有人踏雪进山来"，可能就是过了这桥，从吉野后山前往中院的峡谷那边去的。

此时蓦然发现一座高高山峰耸立在我们的眼前，天空被挤压得更狭小了，无论是吉野川的流水、人家，还是道路，似乎到此都止步不前了。虽说是如此险峻的山谷，可村落这种东西只要有点空地便会不断地拓展下去。因此，尽管三面环山，洼地窄如口袋底，人们仍在狭窄的河岸斜坡上开荒种地，建造茅屋。这里就是人们所说的摘菜里了。

果不其然，看那水流之势、山形地貌，都像是落难之人的栖身之所。

我们向人打听大谷家，即刻找到了。从村口往里走五六丁远，在一处拐往河滩的桑田中，一座鹤立鸡群般的茅草屋顶房屋便是那户人家。由于桑树长得高大，远远望去，只能看见那种老宅式样的茅草屋顶和瓦檐，宛如海中孤岛般漂浮于桑叶之上，果然与众不同。虽说房顶造型不同凡响，但走进房子内，却是普通的庄户人家。

两间相通的堂屋面朝田地，临街的拉窗大敞着。在铺着地板的房间里，坐着一位四十岁模样的人，像是房子的主人。一看见我们两个，没等我们出示名片就出来迎接了。只是他那晒得黝黑的紧绷绷的脸庞，眯缝着的善良的眼神，以及短脖颈宽肩膀的体格，怎么看都是个老实巴交的农夫。

"国栖昆布先生跟我打过招呼，已经恭候你们多时了。"他的方言很重，连这句话都叫人难以听懂。我们询问什么，他也不能顺畅地回话，只是恭谨地鞠躬。想来此户人家如今已没落，不见昔日的景况。不过我觉得这样反而容易亲近。

我开口道："百忙之中多有打扰，十分抱歉。听说府上珍藏有祖传至宝，平日很少出示于人，我们此番冒昧前来，是想观赏一下这个宝物。"

"哪里,并不是不出示于人……"他有些惶恐地说道,"其实是先祖留下了一条规矩,就是在取出那件物品之前,必须斋戒沐浴七天。当然如今也不讲究那么多规矩了,若有人想看,我都是来者不拒的。只是每天我都要在田里干活,如果有人突然来访,抽不出时间接待客人。尤其是这几天秋蚕那边还没忙完,平时家里的榻榻米全都收起来了。所以客人突然来访,连个招待客人的地方都没有。事先打个招呼的话,我一定会抽出时间恭候光临的。"他把指甲又黑又长的手叠放在膝头,难以启齿似的解释道。

如此说来,今天他的确是特意把这两个房间铺上榻榻米,等候我们到来的。我从拉门的空隙往储藏室一看,里边的地板上确实还没有铺席子,屋子里零乱地堆放着似乎是临时塞进去的农具。壁龛里已经摆放了好几件宝物，主人恭恭敬敬地将它们逐个排列在我们面前。

这些宝物有：题为《摘菜里由来》的卷轴一个、义经公所赐长刀和短刀数口，及其物品清单、刀护手、箭袋、陶瓶，还有静公主所赐的初音鼓，等等。其中《摘菜里由来》挂轴末端写着："时任五条御代官御役所御代官内藤杢左卫门大人巡游此地之际大谷源兵卫以七十六高龄遵嘱记录传闻如右留存于家中者是也"，落款时间为"安政二年乙卯夏日"。据传，安政二年代官内藤杢左卫门来到此村时，曾接受现主人的远祖大谷源兵卫老人的跪拜，然而，大谷老人一出示此《由来》卷轴，代官即刻起身让位，给老人屈身跪拜。只是那挂轴的纸很脏，就像烧焦了似的黑乎乎的，难以辨认，因此附有抄本一份。原文如何不得而知，那抄本病句错字连篇，就连所注假名也有不少让人不放心之处，很难相信是出自有学识的人之手。不过根据文中所说,此家祖先早在奈良朝之前便居于此地,壬申之乱时,一名为村国庄司男依之人助天武帝征讨大友皇子。当时,庄司占有该村至上市的五十丁之地,因此摘菜川之名指的是这五十丁之间的吉野川。关于义经,文中写有"此外,源义经公于川上白矢岳过五月端午,而后下山,在村国庄司宅内逗留三四十日。曾观宫瀑,游柴桥,此乃其时御咏之歌"以及和歌两首。时至今日,我尚不知义经有传世歌作,但上边所记歌作,即使在纯粹的外行人看来,也觉察不出是王朝末期之格调,措辞也甚为粗俗。关于静公主,则曰:"其时,义经公爱妾静公主曾于村国氏家中逗留。自义经公落难奥州以来,公主自知已是凶多吉少,遂投井身亡。故人皆称其井为'静井'。"这就是说,静公主是死在这里的。而且还说:"然而静公主与义经公死别后妄念作祟,化为火球,夜夜从井中升腾而出，凡经三百载。其时连如上人等行至饭贝村，给村民讲经之时，有村人乞求上人超度静之亡灵，上人即刻为其接引，将一首摘自大谷氏所藏和歌书写于静之长袖上。"下面还记录了那首和歌。

我们看挂轴时，主人一句也不作说明，只是默默地端坐一旁。看他神情，可知他心中对这祖传记事没有半点怀疑，盲目地相信都是真实的。"那位高僧写有和歌的长袖和服现在在哪里呢？"听我发问，他回答："先祖时代，为了给静的亡魂超度，捐给村里的西生寺了，但是据说寺院里已经没有了，不知落在谁手里了。"我又拿起长刀、短刀、箭袋等物看了看。似乎年代已相当久远，尤其是箭袋已经磨得破烂不堪，不过毕竟不是我们能鉴定的。再看传说中的初音鼓，鼓面已经没有了，只有鼓身装于桐木箱内。对这个我们也不懂，但可以看出那上面的漆好像比较新，也没有泥金画之类的，看上去不过是个平庸无奇的黑色鼓身。当然木料好像很古老，也许那漆是后代的什么人重新涂的吧。"或许是那样吧。"主人的回答显得不以为然。

此外，有两尊带屋檐和门扉的造型考究的牌位。一尊门扉上绘有葵花图案，牌位上刻着"赠正一位大相国公尊仪"；另一尊是梅花图案，牌位上雕有"归真松誉贞玉信女灵位"，其右侧刻着"元文二年巳年"，左侧是"壬十一月十日"。然而主人对这牌位似乎一无所知。只说是这牌位相当于大谷家主公的，每年正月元日，朝这两尊牌位跪拜已成惯例。主人还严肃地说，他认为写有元文年号的那尊说不定就是静公主的灵位。

看着主人那善良、谨慎、细眯着的双眼，我们也不好再说什么了。事到如今，已无须再向他解释元文年号是何年月，搬出《吾妻鉴》和《平家物语》来考证静公主的生平了。总之，这位主人对这些记载是那样地深信不疑。在他的心目中，在鹤岗神社前，在赖朝面前起舞的未必是静本人，她只是象征着这个家族的远祖生活的过去——令人怀念的古代某个高贵的女性而已。因为在"静公主"这位贵族女性的幻影中，寄托着他对"祖先"、对"主君"、对"往昔"的崇敬与思慕之情。至于那位贵族妇女是否曾经真的来这户人家求宿栖身，逃避乱世，是不必深究的。既然主人相信，就由他去相信为好。出于同情主人，也勉强可以说那位公主或许不是静，而是南朝的某位公主，或战国时期某落难之人，总而言之，在此人家兴旺之时，曾经有什么高贵的人来过这里，于是，阴差阳错地演绎出了有关静的传说也未可知。

我们准备告辞时，主人道：

"没什么可招待的，请品尝一下糖柿子吧！"

然后给我们沏了茶，还端来一个托盘，托盘里放着好几个柿子，还有一个空烟灰缸。

糖柿子大概就是熟柿子吧。空烟灰缸应该不是给抽烟人用的，而是用它接着，吃烂熟得黏糊糊的柿子的。因主人一再相劝，我便小心翼翼地拿起一个眼看就要胀破的熟柿子，放在手心上。这是一个底部尖尖的圆锥形大柿子，由于已经熟透了，果实红彤彤的，晶莹剔透，恰似一个胀鼓鼓的胶皮袋，颤颤悠悠的。对着阳光一看，犹如琅玕珠一般璀璨。街头卖的那种酒桶溇熟的柿子，无论熟到何种程度也不会呈现这般美丽的色泽，而且等不到这么柔软，就已经软塌塌得不成样子了。主人说，能做成糖柿子的只有皮厚的美浓柿，而且必须在其又硬又涩的时候从树上摘下，装入箱内或筐中，尽量放在背风的地方。十天后,无须任何加工,其皮下果肉便自然成为半流体,甜如甘露了。若是其他柿子,里边的果肉已融化为一包水,而不会像美浓柿那样黏稠如糖稀。吃的时候,虽说也可以像吃半熟鸡蛋那样,拔掉柿蒂,把汤匙插入蒂孔里舀食,但比较起来,还是不怕弄脏手,剥开皮,接着器皿来吃更加美味。他还说,不过看着好看,吃着又好吃的时候,只限于第十天头上那几天。时间再长些的话,糖柿子也同样会化成一包水的。

听着主人这些话,我入神地看着手心上这颗硕大的露珠,只觉得这山间的灵气和日光全都凝聚在这个柿子上了。曾经听人说,过去乡下人进京时,都要带一包京城里的土回家去,如此说来,若有人问起吉野秋色时,我是否该把这柿子小心翼翼地带回去给他看呢?

说到底,比起初音鼓,或是古文献来,在大谷家最使我感兴趣的还要数这糖柿子。津村也好,我也好,都禁不住那冰凉甘醇的汁液从牙缝间沁入胃里时的惬意,我贪婪地一连吃了两个黏糊糊的大甜柿子,仿佛自己的口中满含着整个吉野之秋一般,想那佛典中的庵摩罗果[①]也没有如此美味。

---

① 即柠果。

其四　狐侩

"我问你，我看了那篇有关摘菜里由来的文章，好像只说了初音鼓是静公主的遗物，并没写狐皮的事吧？"

"嗯……所以我想，那面鼓应该是剧本出现以前就有的。如果鼓是后来制作的，不可能不和剧情发生一点关联吧。就是说，正如《妹背山》的作者是在看到实景后才产生的那个构思一样，《千本樱》的作者也是在访问大谷家或听到传说之后才着手创作的。问题是，如果《千本樱》的作者是竹田出云的话，那么剧本的出现至少是在宝历之前，而安政二年的'由来文'的年代就近一些。

不过,倘若依照'大谷源兵卫以七十六高龄遵嘱实录传闻'所述,那传闻岂不是要早很多吗!即使那个鼓是伪造的,也不会是安政二年的产物,而是很久以前就存在的,这样推测应该比较顺理成章吧?"

"可是,那面鼓看上去不是很新吗?"

"有可能是新的,但是,鼓也可以重新涂漆或加以改造,使用个两代三代的。我想在那面鼓之前,说不定还有一个更古老的鼓收藏在那个桐木箱里过。"

从摘菜里返回对岸的宫瀑,要经过一座可算是当地一处名胜的柴桥。我们俩在桥头的一块石头上坐下,继续谈论这件事。

贝原益轩著的《和州巡览记》里记载:"宫瀑并非瀑布,盖因其左右皆崖壁危岩,吉野川流经其间也。两岸之巨大岩石高达五间[1]，如屏风立于两侧。河面宽约三间，狭窄处架一飞桥。因水流磅礴至此，河水甚深，其景绝妙也。"这段描述恰恰就是从我们歇息的这个岩石上看到的景致吧。此书中又云："据闻村人有所谓'飞岩'绝技，即从河岸纵身跃入水中，顺流而下，展示高超游技，并捞取水底铜钱给人观看。他们跃入水中时，双手贴于体侧，两腿并拢，潜水丈余后挥臂浮出。"《名所绘卷》中就有"飞岩"之图。此河流两岸的地形、水流的走势，一如图所示。河水流到此处，浪头峰回路转，朝着巨石之间倾泻而下，飞沫四溅，激流跌宕。刚在大谷家听主人说，每年因木筏撞上此岩石而遇难者屡见不鲜。表演"飞岩"绝技的村夫，平时在这一带钓鱼、耕田为生，偶有旅人

---

[1] 日本长度单位，约合1.8米。

路过，他们便邀请人家观看其看家本事。从对岸稍低的岩石上跳下去，收费一百文，从这边高些的岩石上跳下去要价二百文。因此对岸的岩石便称为百文岩，这边的称为二百文岩。据说至今依然沿用该名称。虽然大谷家主人年轻时也曾目睹过"飞岩"，但近年来很少有游客对此感兴趣，这绝技也就不知何时开始失传了。

"过去来吉野赏樱花，道路没有今天这样宽，所以要从宇陀郡那边绕道过来，因此路过这一带的人很多。就是说，义经逃来时走的并不是现在人们常走的那条路。这说明，竹田出云肯定来这里看过初音鼓的！"

这么说，津村坐在这块岩石上，仍然还念念不忘那个初音鼓，不知什么缘故。因为他又提起，自己不是忠信狐，但思慕初音鼓的心情比那只狐还要强烈。一见到那鼓，感觉就像遇到自己的母亲似的。

在这里，我必须给读者简要介绍一下这位津村青年的为人。说实话，我也是那时坐在这岩石上，听到他那番讲述后才知道的。——这是因为，前面也提过，虽然我和他在东京时是一高时代的同学，交情也不错，但从一高升大学的时候，他由于家里的安排，回了大阪老家，从此荒废了学业。当时我听说的情况是，津村家是岛内的世家，世代经营当铺，除他以外还有两个姐妹。但因父母早亡，三个孩子是由祖母带大的。姐姐早已出嫁，现在妹妹也订了婚，祖母越来越感觉没有依靠了，便想把他叫回身边，再加上家务这边也没人照应，他便突然退了学。尽管我曾经劝他："那就去京都大学，如何？"可是津村当时的志向是搞创作，而非做学问。恐怕他打的如意算盘是，买卖的事就交给掌柜的，自己还是得空写点小说更自在逍遥吧。

然而，从那以来，虽然我和津村一直通信，却没看到他写出什么东西。他虽然嘴上那么说，可是一旦回到家里，成了不愁吃穿的少东家，曾经的勃勃雄心自然就淡了下来。因此我料想，津村也是不知不觉中顺其自然，甘愿去过那种四平八稳的市井生活了。这样过了两年后，一天接到他的来信。当我看到信的末尾，告知他祖母去世的消息时，便猜想，过不了多久，津村就会迎娶一位具有典型的京阪风韵，即人们所说的那种"名门闺秀"做新娘，成为名副其实的岛内少东家了。

由于上述缘故，此后津村虽来过东京两三次，但自从走出学校门之后，这次才终于得到和他促膝长谈的机会。这位久别重逢的朋友给我的感觉，基本如我想象的那样。无论男女，一旦结束学生时代进入家庭生活，体质很快就会发生变化，仿佛营养增加了似的，变得皮肤白皙、丰满起来。而津村的性格里，也多了些大阪的公子哥特有的那种悠游自在的圆滑，尚未完全消失的学生腔里带着大阪腔调——他以前就多少带有这腔调，现在更明显了。这样介绍下来，想必读者对津村其人知道个大致轮廓了。

话说津村在这岩石上突然谈起了初音鼓与他之间的因缘，以及促使他此次旅行的动机、隐藏在内心的目的等等——由于其过程太冗长，下面我尽可能简要地说一说他告诉我的故事。

——我的心情，如果不是大阪人，或者不是像自己这样幼年失去父母、不知双亲长什么样的人，是绝不可能理解我的。如你所知，在大阪素有净琉璃、生田流筝曲、地歌[1]这三种传统音乐。我虽不是特别喜好音乐，但

---

[1] 特指西日本地区的盲人传承创作、演奏的三弦琴乐曲。

毕竟是本地习俗，难免常有机会接触到，听得熟了，会潜移默化地受到影响。现在还记忆犹新的是，我四五岁时所看到的一个情景。记得那一天，在岛内的家中最里边的房间，有一位面如银盘、眉目清秀的优雅贵妇人和盲人检校[1]在合奏古筝与三弦。我觉得当时弹琴的那位高雅的少妇，正是自己记忆中仅有的母亲形象，但始终搞不清楚那女人是否真的是母亲。多年后祖母告诉我，那个少妇应该是祖母，因为母亲在那之前不久已经去世了。然而，不可思议的是，我竟然记住了当时检校和那位少妇弹奏的是生田流的谣曲《狐唅》。说起来，我家中从祖母到姐妹无一不是那位检校的徒弟，后来也时常听到《狐唅》这首曲子，听得耳熟能详，因而这记忆不断被加深

---

[1] 日本昔日授予盲人的最高级的官名。

之故吧。说到那谣曲的唱词是——

娘亲娘亲好哀伤，花容月貌全变样，

可恶法师施法术，娘亲无奈弃儿郎。

壁龛之中沾晨露，智慧明镜亦蒙尘，

眷眷亲情难割舍，回顾无语泪两行。

翻山越野为谁来，千里报恩为君来，

如今汝却舍我去，苦苦思念徒悲伤。

万般不舍归山林，白菊筱竹穿行过，

山路处处闻虫声，虫鸣啾啾迎朝阳。

西边田间有人烟，山野小路好奔逃，

翻过一山又一山，此恨绵绵欲断肠。

——我现在还能一字不差地唱出那个曲子和过门。

我之所以以为自己是从检校和少妇那里听来的，一定是因为这唱词中含有某种深深打动懵懂无知的小孩子的东西。

地歌的唱词原本就常常不合逻辑，词语不通，许多曲词就像是故意让人听不懂似的十分晦涩。若是再加上引用谣曲或净琉璃中的典故，不知道其出处的话，就更不知所云了。由此可知，《狐哙》曲可能也是另有其依据的。尽管如此，当时我虽然年幼，但无论听到那"娘亲娘亲好哀伤，花容月貌全变样"，还是"可恶法师施法术，娘亲无奈弃儿郎"等等唱词，却能够体味到那里面饱含少年苦苦思念离家而去的母亲的悲切。而且，无论是"翻山越野为谁来，千里报恩为君来"，还是"翻过一山又一山，此恨绵绵欲断肠"都有着类似催眠曲的调子。不知是怎么联想的，尽管我不可能认得"狐哙"这两个字，也不懂其含义，可是在反复听这曲子的过程中，就朦朦胧胧地明白了这个词大概同狐有关系。

这或许是因为我经常跟着祖母去文乐座、堀江座看木偶戏，看到《葛叶》①里的白狐别子场面深深印入脑海的缘故吧。那只母狐狸，秋日黄昏在隔扇内织布时发出嘎噔噔嘎噔噔的声音。一边望着熟睡小狐狸的脸，一边依依不舍地往隔扇上写下那首离别诗："若思母，可来和泉信太见葛叶……"——此情此景，对一个从没有见过母亲的孩子的震撼，没有过同样境遇的人是想象不到的。我虽然还是个孩子，也从"如今汝却舍我去，苦苦思念徒悲伤"以及"万般不舍归山林，白菊筱竹穿行过"等唱词之中，看到一只沿着秋色绚烂的小路朝着森林里的老巢

---

① 净琉璃《芦屋道满大内鉴》，俗称《葛叶》。大阪府信田森林里有一白狐，化女名葛叶，同安倍保名相爱结婚，生一子。后因被儿子看到原形，遂留下一首"若思母……"，返回森林。

跑去的白狐，将自己比作那个追寻母狐而去的童子，因而越发陷入对母亲的无尽怀念之中吧。这么说来，也许因为信田森林就在大阪附近吧，自古以来便有好几种和家庭游戏结合在一起玩的葛叶童谣。我自己也记得两首。

一首是：

快套哟，快套哟，信田森林里，有只狐狸快来套。

人们一边这样唱着，一边玩套狐狸的游戏。一个人装狐狸，两个人当猎人，拿着同一条绳子的两头，绳子中间系有圈套。听说东京的市民家庭里也玩类似的游戏，我自己就曾在酒馆里让艺妓表演过。但唱词、曲调和大阪那边的有些不同。而且在东京参加游戏的人都是坐着，而大阪一般是站着玩，装狐狸的人随着童谣的拍子，一边模仿狐狸的动作，一边走近绳套。假如偶尔由街上的美少女或少妇来扮演狐狸，就更加优美动人了。记得少年时代，我常在正月的晚上被亲戚叫到家里去一起玩这种游戏。我现在还记得，当时有个童心未泯、性格活泼的漂亮少妇，她模仿的狐狸简直是惟妙惟肖。

还有一种游戏是，很多人手拉手围坐一圈，让当小鬼的人坐在圈的正中。然后大家把黄豆样的东西攥在手心里，不让小鬼看见，一边唱童谣，一边把豆豆传到下一人手里。儿歌唱完时，大家都一动不动地等着小鬼猜豆豆在谁手里。那首童谣的歌词是这样的：

摘穗穗，

摘蓬头，

手心里头九颗豆。

九颗豆豆好可爱,

数豆更想见娘亲。

想娘亲,快来找,

信田森林找葛叶。

葛叶葛叶你在哪,

快快出来好娘亲。

自己感到这首童谣流露出孩子们朦胧的乡愁。在大阪城里,有很多从河内、和泉一带乡村来的合同期一年的学徒和女佣。冬季寒冷的晚上,这些做工的人和主人全家便关起门户,围坐在火盆旁边,一边唱着这个童谣一边做游戏——这种情景,在船场、岛内的一些店家常常可以见到。想起来,这些离开草莽家乡,前来学习经商和礼节的小学徒,在他们随口唱出的"数豆更想见娘亲"的时候，眼前难免浮现出那蜷缩在昏暗的茅草仓房中的父母面影。后来，我无意中听说《忠臣藏》的第六段，即戴着深斗笠的两名侍从来访的段落里，这首童谣被编进了唱词。令人佩服的是，其中与市兵卫、阿轻及其母亲等人的命运被编得那样天衣无缝。

当时，岛内我自己家里也有不少做工的人，每当我看见他们边唱此歌谣边做游戏的时候，不由得既同情又羡慕。虽说这些学徒离开双亲膝下，住进别人家里怪可怜的，但他们回到家乡，毕竟可以见到父母，可自己却见不到他们了。由于这个缘故，我总觉得只要跑到那信田森林里去，就能够见到母亲了。记得上小学二三年级的时候，我竟然瞒着家人，约了班里的好友，真的去了信田森林。那个地方交通非常不便，即使是现在，从南海电车下车之后也要徒步走上几里路，可那个时候，铁路好像还没有铺到现在的一半,只记得大半路程都是坐在颠簸的马车上,还步行了好长一段路。到了那里一看,在高大的楠树林里建有一座葛叶稻荷庙,庙里有一口葛叶姬照镜子的水井。我观看了绘马殿内悬挂的画有葛叶别子场景的贴花绘马[①],以及雀右卫门或其他什么人的肖像匾额,从中多少得到了安慰,便走出了森林。回家途中,还听到从家家户户的格子窗里面传来"嘎噔噔嘎噔噔"的织布声,感到格外亲切。或许因为那一带是河内的棉花产地,织布机才这么多吧。总之,那些织布机声极大地抚慰了我对母爱的憧憬。

不过,让我觉得不解的是,自己那般思念的对象主

---

① 绘马是日本人许愿的一种形式。大致产生在日本的奈良时代。绘马有大绘马和小绘马两种。大绘马类似匾额,比较少见。一般所说的是民间常用的小绘马。在一个长约 15 厘米、高约 10 厘米的木牌上写上自己的愿望,供在神前,祈求得到神的庇护。

要是母亲，对于父亲则没有那样强烈。其实父亲是先于母亲去世的，因此即便母亲的形象有可能留在自己的记忆中，对父亲也是毫无印象的。从这点来看，自己对母亲的思念只是出于对"未知女性"的一种朦胧的憧憬。也就是说，说不定与少年时期的情窦初开有关系。因为对自己来说，无论是往日的母亲，还是将来成为自己妻子的女人，同样是"未知的女性"，而且同样是由一条无形的因缘之线与自己连接在一起的。总之，这种心理即便没有如我一般的境遇，一般人也会潜藏几分的。有据为证，比如那"狐哙"曲中的唱词，虽是孩子思念母亲的，但无论是"翻山越野为谁来"，还是"如今汝却舍我去"，似乎都是在诉说相爱男女的爱别离苦。想来这谣曲的作者，恐怕是有意含糊其词，以求词意暧昧的。不管怎样，我不相信从第一次听到那个曲子时开始，自己心中想象的只有母亲一个人的幻影。我想那幻影既是母亲，又是妻子。所以自己年幼时心中的母亲形象，从来都不是年华老去的妇人，永远是年轻漂亮的女性。在那《马夫三吉》剧中出场的乳母重井——是身穿华贵服饰，照料大名家小姐的美艳贵妇——自己梦见的母亲就是像三吉之母那样的女人，在那些梦中，自己还常常化身为三吉。

德川时代的狂言作者说不定头脑格外活络，善于迎合观众意识中潜在的微妙心理吧。《马夫三吉》等曲目，一个是贵族之女，一个是马夫之子，其间又安排了乳母或是母亲的贵妇人角色，表面上描写的固然是母子之爱，但其底色并非没有暗示少年淡淡的恋情。至少在三吉看来，住在富丽堂皇的大名后宫中的小姐和母亲，可以说都是他思慕的对象。而在《葛叶》剧中，表现的是父子二人以同样的心情憧憬一位母亲。但在这个剧里，少年的母亲乃是狐狸，更使看剧的人想入非非了。我就总是想，如果自己的母亲是剧中的狐狸该有多好啊，我不知有多么羡慕安倍童子呢。因为母亲如果是人类，我此生就没有希望与母亲相见了，若是狐狸变的话，它便可能再次变成母亲出现在自己面前。凡是没有母亲的孩子，看了这个剧后，应该都会产生这样的向往。至于在《千本樱》的"私奔"那场中，母亲——狐狸——美女——恋人，这种联想就更加紧密了。在这个剧里，母亲是狐，儿子也是狐，而且虽然把静与忠信狐写成主仆关系，但整个表演仍然让观众感觉就像一对恋人私奔。或许由于这个缘故，我最喜欢看这个舞剧，并且把自己比作忠信狐，想象着它在母狐皮覆面的鼓声吸引下，穿行于吉野山的遍野樱云，循着静公主的足迹寻寻觅觅时的感受。我甚至想过，自己应该习舞，就有机会在发表会的舞台上扮演忠信狐这个角色了。

"但是还不只是这些呢。"

津村说到这里,眺望着对岸早早黑下来的摘菜里的森林,说道:"其实,我这次真的是受到初音鼓的吸引而特意到吉野来的!"

说完,他那双公子哥儿特有的招人喜爱的眼睛里,露出令我捉摸不透的笑意。

其五　国栖

下面我就转达一下津村的讲述吧。

如前所述，津村对吉野这个地方怀有某种特殊的依恋。一方面是受《千本樱》的影响，另一个原因是他早就听说母亲是大和人。至于母亲是从大和的哪里嫁过来的，娘家如今何在等等，一直是个未解之谜。津村本想在祖母生前，尽可能搞清楚母亲的身世，常常左问右问的，无奈祖母说已经都忘记了，始终未得到像样的回答。去问了伯父伯母等亲属，匪夷所思的是也没人了解母亲的老家。说起来，津村家是世家，按常理，应该上自两三代开始，亲戚之间有往来的。可实际上，母亲并不是从大和直接嫁过来的，而是从小被卖到大阪的烟花巷，在那里做了某户人家的养女后才出嫁的。因此，户籍上的记载是：文久三年出生，明治十年，十五岁时从今桥三丁目的浦门喜十郎家嫁入津村家，明治二十四年，时年二十九岁亡故。中学刚刚毕业的津村，关于母亲只知道这些。后来他渐渐明白，祖母和一些长辈亲戚之所以不给他讲母亲的情况，大概是因为母亲毕竟有过不光彩的出身，所以不想多谈吧。但是从津村的角度，他觉得对于自己的母亲曾是风尘中人这一事实，并不觉得不名誉或者不愉快，只会使他越发思念母亲。更何况母亲出嫁时才十五岁，即便是盛行早婚的年代，母亲也不会在那种地方沾染多少污秽的，抑或尚未失去少女的纯真也未可知。恐怕正因如此，母亲才生下三个孩子的。而且这位水灵灵的小新娘，被迎娶到夫家之后，想必也学习了作为世家主妇所应具备的各种教养。津村曾看过据说是母亲十七八岁手抄的琴曲练习账，那是将日本纸折为四折，用清秀的御家流体①写着一行行唱词，行间用红笔工整地写有琴谱。

后来，因津村去东京求学，自然就逐渐离远了家乡，但是想了解母亲故乡的心情反而有增无已。甚至可以说，他的青春时代是在对母亲的思慕中度过的。对于街上擦肩而过的商家女、阔小姐、艺伎、女戏子等等，他并非没有涌起淡淡的好奇心，但真正引起他注意的，都是相貌与相片中的母亲有某种相似之处的女人。他舍弃学校生活返回大阪，并不仅仅是顺从祖母的意愿，也是由于

---

① 古人所创字体之一。

他被自己憧憬的地方——距离母亲的故乡尽可能近的,即母亲度过短暂一生中一半时光的岛内老家——所吸引的缘故。不管怎么说,母亲是关西女子,在东京的街头是很难见到与其相似的女性的,而在大阪却时不时可以遇到。遗憾的是,只听说母亲生长的地方是花街柳巷,却不清楚是何处的花街。他为了追寻母亲的幻影,四处寻花问柳,出入酒肆茶楼。一来二去,由于他混迹青楼,处处留情,还得了个"玩家"之名。原本他只是因思念母亲而荒唐的,所以一次也未曾坠入情网,至今仍是童贞之身。

这样过了两三年后,祖母去世了。

事情发生在祖母去世后。这一天,津村打开仓库里的小袖①衣柜的抽屉,打算收拾祖母的遗物时,发现像是

---

① 窄袖和服。

祖母笔迹的信件之中，夹着几张从未见过的旧证书和几封旧书信。那是母亲做学徒时代同父亲之间的情书，此外，还有像是家乡大和的亲家母写给母亲的信，以及有关琴、三弦、插花、茶道等的传授证书。情书之中有父亲写的三封，母亲写的两封。虽说不过是些陶醉于初恋之中的少年少女那些天真而浪漫的情话，但从中也能看出两人似乎偷偷约会过。尤其是母亲信中的"……妾本愚昧之人，却不顾君意，冒昧给你写信，还望体谅我心……"以及"得知君对妾一片深情，欣喜之情难以表述。妾亦当不顾及颜面，将妾身世以实相告……"等词句，虽然年仅十五岁的女孩子，行文还比较生涩，但措辞相当成熟，可见当时男女的早熟程度。从娘家来的信只有一封。收信人写的是"大阪市新町九轩粉川府上澄美亲启"，发信人为"大和国吉野郡国栖村洼垣内昆布助左卫门内"。

信是这样开头的:"儿来信尽阅,儿有这般孝心,甚是宽慰。遂即刻回复,使我儿放心。天气日渐寒冷,得知儿一切平安,生活无忧,父母亦甚感心安。你父亲母亲,感谢上苍给我儿这般福气……"接下去是一些规诫女儿之语,诸如要以对待双亲之心事主人礼;要刻苦习艺;不得贪欲他人之物;要虔诚向佛等等。

津村坐在仓库中落满灰尘的地板上,借着昏暗的光线反复读这封信。当他终于从信纸上抬起头时,天也黑了,于是他又把那封信带回书房去,在电灯下展开细看。看着那两寻[①]长的信纸,他眼前浮现出了那老妪的身影——大约三四十年前,在吉野郡国栖村某农户家里,一位老妪蜷缩在昏暗的行灯[②]旁,一边擦拭着昏花老眼

[①] 日本长度单位,明治五年规定,一寻约合1.8米。
[②] 方形纸罩座灯。

里的眼屎，一边一笔一画地给女儿写信。既然是乡间老婆婆写的书信，信中的词语和假名写法难免有不少地方不够正确，但字写得却不笨拙，是地道御家流体，可见她并非是一般的庄户人。大概是生活上遇到了难处，才将女儿送出去换钱的。可惜的是，落款只有十二月十日，没写年号，我猜想这是她把女儿送到大阪后写的第一封信，然而字里行间已流露出对自己风烛残年之躯的愁绪，比如多次出现"此信是母亲遗言""纵然老身不在人世，亦要陪伴我儿，助儿得享荣华"等字句。而且絮絮叨叨地告诫何事可为，何事不可为。更有趣的是，在不可浪费纸张方面，老母也长长地教诲道："此纸乃母与阿利所抄，务必贴身携带，珍惜使用。纵使儿生活无忧，亦不可浪费纸张。母与阿利抄纸时，手指皲裂，皮开肉绽，实在苦不堪言。"如此写有二十行之多。津村由此信得知，母亲的娘家曾经是以抄纸为业的。而且弄清了母亲家族之中有一位叫"阿利"的,可能是母亲的姐姐或是妹妹的女子。此外还出现了一位叫"阿荣"的女性。信中有:"阿荣日日去积雪山中挖葛,攒够路费钱好去探望我儿,望儿等待见面之日。"信的最后还有一首和歌:

儿行千里母思念,远隔重重黑雁岭,只愿早日可相见。

此歌中提到的"黑雁岭"这个地方,位于从大阪前往大和之路上。在没有火车的时代,人们必须翻过这个山岭。山顶有一座记不得是什么名字的寺院,是赏杜鹃鸟的有名之所。津村在中学时代去过一次,好像是六月间的一天,他趁天还未亮时爬上山顶,进寺内休息时,大约四五点的拂晓时分，拉窗外面刚刚开始发白，从后山一带，突然响起了一声杜鹃鸣。继而，同一只杜鹃或是其他杜鹃连鸣了两三声，最后鸣声四起。津村见到这首和歌，突然感觉当时听着很普通的杜鹃鸣声是那样勾起人的思念之情。并且感到，因古人把那杜鹃鸣声比作故人亡魂，故而此鸟有"蜀魂"或"不如归"之名，的确是非常自然的联想。

不过，看了老婆婆的信，最让津村感到有奇缘的是另外一件事。那就是这位老妇——相当于他的外祖母的人，在信中反复提到狐狸。例如"……今后每日清晨务去叩拜庙内稻荷仙与白狐命妇之进。如儿所知，只要尔父呼唤，狐每每召之即来。此乃心诚所致"，还有"……此次我儿洪福高照，正因蒙受白狐仙再度庇护之故。今后将倍加虔诚，日日祈祷，愿儿夫家府上福运绵长，无病无灾……"由这些内容，他知道了祖父母笃信狐仙，超乎寻常。信里所说的庙内稻荷仙，想必是祖父母在住宅内建的小稻荷庙，日日加以供奉吧。至于那身为狐仙侍从的名叫"命妇之进"的白狐，想必也在附近那个庙附近挖穴而居吧。信里所谓"如儿所知，只要尔父呼唤，狐每每召之即来"，那白狐真的每闻祖父召唤便从穴中现身呢，还是附体在祖母或祖父身上了，不得而知。但可以推想，祖父可以随意呼唤白狐，而白狐又在暗中庇护这对老夫妇，主宰其一家的命运。

津村果真将写有"此纸乃母与阿利所抄，务必贴身携带，珍惜使用"的这卷信纸时刻带在身上。倘若这封信起码是在明治十年以前，即母亲被卖到大阪后不久写来的，那么这纸张已经足足有三四十年了。尽管纸的颜色已变得像被文火烤过一般焦黄，但其质地比现在的纸还要纹理细密，毫无残破。津村对着日光细看其中交织的纤细而柔韧的纤维，脑海中不由浮现出祖母的话——"母与阿利抄纸时，手指皲裂，皮开肉绽，实在苦不堪言。"仿佛感到这张犹如老人皮肤般的薄纸中，饱含着生养了母亲之人的心血。母亲在新町的艺伎馆内接到这信时，想必也像自己今天这样把它紧紧贴身珍藏。一想到这里，他更觉得这封"可闻古人衣袖香"的旧信，对他而言不啻是有着双重意义的贵重而古雅的遗物。

从那以后，津村便以这些书信为线索终于找到了母亲的娘家，有关这个过程我就不必详细交代了吧。无论怎么说，比当时还往前回溯三四十年的话，正是维新前后的动乱年代，因此无论是母亲卖身的新町九轩的粉川家，还是出嫁前一度入籍的今桥的浦门养父母之家，如今都已无处寻觅，不知所终了。至于在那典雅的证书上签名的茶道、插花、古琴、三弦等师傅，也大多后继无人，所以，他只凭着前面说过的那封信这一线索，直奔大和国吉野郡国栖村去寻找才是捷径，别无他途。于是，津村在祖母去世的那年冬天，做完百日佛事后，连亲朋好友也没有告知为何而去，便独自一人飘然踏上旅途，前往国栖村了。

他觉得与大阪不同，乡下不会有多大的变化。更何况那地方还是靠近深山老林的吉野郡的偏僻地带，比一般的乡下还要乡下，因此，即便是贫苦的农家，也不至于两三代人便没了踪影。于是津村满怀热切的期望，在十二月一个晴朗的早晨，从上市雇一辆人力车，沿着我们今天走过来的这条道路往国栖赶去。当他远远望见那令他朝思暮想的村庄时，首先吸引他的，是在家家户户房檐下晾晒的纸张。就像渔民聚集的村镇晒紫菜那样，长方形的纸张都平展地贴在木板上，立在地上，然而放眼看去，仿佛雪白的纸张被撒在街道两旁，山坡的层层梯田之上似的，高低错落，在清冷的阳光照射下，白晃晃亮闪闪的。望着这景象，津村不由得热泪盈眶。这里就是自己祖先的土地。自己现在已经站在多年来魂牵梦萦的生母家乡的土地上了。这山村是那样地岁月悠长，母亲出生时看到的也同样是这般温馨平和的田园风光吧。无论是四十年前的昔日，还是昨日，在此处都是同样地迎来黎明，同样地送走黄昏。津村恍惚觉得自己来到了与"往昔"仅一墙壁之隔的地方。如果把眼睛闭上，须臾再睁开，说不定能够见到在那些篱笆院内和一群少女玩耍的母亲呢。

　　按照他最初的预想，因"昆布"是罕见之姓，会即刻打听出来。不料去了名叫"洼垣内"的街道一看，那里姓"昆布"的人家比比皆是，很难查到要找的那家。没办法，他只好和车夫两人挨家挨户打听姓"昆布"的住户。不料人们都说，名为"昆布助左卫门"之人，不知昔日如何，但今日没有听说过。最后，好不容易从粗点心铺里走出一位村老模样的人，站在房檐下指着在街道左边稍高一点台上的一个茅屋说："你要找的或许是那家吧。"津村便叫车夫在粗点心铺前等着，自己沿着一条偏离村道半丁多远的坡路，朝那茅屋爬去。虽是个寒气袭人的清晨，但那里环绕在山脚下，是一个风吹不到而又日照融融的地方。一共有三四户人家，家家都有人在抄纸。往坡上走的津村，发觉坡上的那些人家的年轻女子都停下手里的活儿，好奇地瞧着他这个当地少见的城里人打扮的年轻绅士一步步走上来。看样子抄纸是女孩子或媳妇们的活儿，在院子里抄纸的女人几乎都包着两边折角式样的头巾。

津村在那些纸张和令人身心清爽的女人们的注视中，走到了那户人家门前。看到名牌上写的是"昆布由松"，并没有"助左卫门"这个名字。在上房右边有一间仓房样的小屋，里面的地板上有个十七八岁的少女正蹲着，将双手浸入淘米水样颜色的水中，不停地摇晃两下木筛子，再麻利地迅速捞起。当木筛子中的白浆沉淀到笼屉样的竹篾子底部，呈现出白纸状时，女孩子便将那纸一张张排列在木板上，接着又把木筛子浸入水中。由于小屋正面的板窗是打开的，津村站在一丛枯萎的野菊花围墙外面，朝里面窥看少女那麻利的抄纸动作。转眼间她已经抄了两三张纸。她的身材虽苗条，可毕竟是农家女，身体壮实，骨骼粗大，高高的个子。她的脸颊健康而饱满，红扑扑水灵灵的，最让津村动心的，还是她那双浸在白浆水里的手。看到这双手,他才明白老婆婆为何会在那封信里写"手指皴裂,皮开肉绽"了。但是她那因冷水而冻得红肿的、让人不忍心去看的手指,也体现了妙龄少女不可遏止的青春活力,津村不由从中感到一种令人爱怜的美。

津村偶然一扭头,发现在正房左边的一角,有一座古旧的稻荷庙。他不由自主地走进了院墙里,一直走到一位在院内晒纸的二十四五岁的少妇面前。看样子她是这家的主妇。

主妇听津村说明来意后,由于太突然,半天没有反应过来。直到津村出示了那封旧信后,对方才渐渐明白过来似的,告诉他:"我不了解这些,请您去见见老人家吧!"随即从正房里唤出一位六十岁左右的老婆婆。这位老人就是那信中提到的"阿利",即相当于津村的大姨母的女人。

这位老婆婆在津村执着的询问下，很费力地往回倒着即将消失的记忆之线，嚅动着缺少牙齿的嘴巴，一点点地诉说起来。有些事她已经完全遗忘，回答不了，有的事情她觉得有可能记错，还有些是因为顾虑不想说，有的话前后矛盾，也有时虽然咕哝咕哝地在说话，却听不清她在说什么，无论津村怎样追问也不得要领，总之，对于她的回答，一多半只能靠津村自己的想象来弥补。尽管如此，津村这样了解到的情况，也足以解开二十年来有关他母亲的谜团了。

虽然姨母说母亲被送去大阪的时间，大概是庆应年间的事，但姨母今年六十七岁，那么姨母那时是十四五岁，母亲十一二岁，所以毫无疑问，事情发生在明治以后。因此母亲才会在新町只干了两三年，最多四年左右就嫁到津村家了。从阿利姨母的口气判断，昆布家当时虽已是捉襟见肘，但毕竟是看重名声的世家，对外一直尽量隐瞒把女儿送到那种地方学艺的事。因此，不仅女儿学艺期间，即使嫁到不错的人家之后，也觉得是女儿之耻，也是自家之耻的缘故吧，一直没有什么来往。再说，按当时的习惯，凡在花街柳巷里学艺的人，无论是艺伎、娼女，或是女招待，以及其他什么行当，一旦在卖身契上签字画押，便同家人一刀两断了。从此往后，女儿便作为"任人宰割的学徒"，无论是福是祸，其生身父母都无权过问。可是，根据姨母模糊的记忆，妹妹嫁到津村家以后，母亲好像到大阪去看过她一两次。回来后曾经以赞叹的口吻说，女儿已经成了大户人家的太太，享受着富贵生活呢。还说女儿叫阿利姐姐也一定去大阪一趟。但阿利姨母觉得自己衣着寒酸，怎么可能去得了大城市，而妹妹也一次没回过娘家。因此，姨母到底也未能见到成人之后的妹妹。不久，妹夫去世，妹妹也去世了，姨母的双亲也离开了人世，从那以后同津村家就更没有来往了。

阿利姨母在称呼其胞妹——津村的母亲时，使用的是"您的母亲"这种烦琐的说法。这一方面是出于对津村的礼貌，另一方面也说不定是忘了妹妹的名字。当津村问到信中所说的"阿荣日日去积雪山中挖葛"中的阿荣时，阿利姨母说，她是长女，次女是她本人，三女便是津村的母亲阿澄。但是由于某种原因，长女阿荣嫁了出去，而阿利招了上门女婿继承了家业。如今阿荣和阿利的丈夫都已亡故，户主已到了儿子由松这一代，刚才在院里跟津村说话的少妇就是由松的媳妇。按说阿利的母亲生前会多少保存一些有关女儿阿澄的证书信件，可如今已经历了三代人，恐怕留不下什么东西了。——阿利姨母说罢，突然想起什么似的，起身打开佛龛门，拿出一张摆放在灵牌旁边的相片给我看。这是母亲生命后期拍的名片形式的半身像，津村的影集中也有这么一张翻拍的照片。

"对了，对了，您母亲的东西……"阿利姨母又想起什么似的补充说，"除了这张照片外，还有一把古琴。母亲说是大阪女儿的遗物，保管得很仔细。已经好久没拿出来看了，不知现在怎样了……"

姨母说兴许在二楼的储物间里，可以去找找看。津村为了看琴，便没有走，等待去田里干活的由松回来。并趁此工夫到附近吃了午饭。回来后，他也帮助年轻夫妇，把落满灰尘的一大件东西搬到了明亮的檐廊上。

不清楚这东西是如何传到这个家里来的——打开外面包裹的已经褪色的油纸，里面露出来的是一把带有漂亮泥金画的本间琴①,尽管旧了一点。除去"甲"的部分以外,那泥金画的图案几乎覆盖了整个琴体。两侧的"矶"上画的似乎是住吉山水。一侧是松林中搭配着牌坊和拱桥,另一侧是高挂的灯笼、探海斜松和海边波浪。从"海"到"龙角""四分六"这边,有无数海鸟在飞翔。"获布"部位、"柏叶"下边隐约可见五彩祥云和仙女飞天。由于桐木年代久远,木色发黑,使得这些泥金画及颜料愈加浸透着典雅深邃的光泽,分外夺目。津村拂去油纸上的灰尘,重新细看那上面染的图案。其用料大概是一种厚土布。正面上半边为红色打底,其间点缀白色重瓣梅花;下半边画的是中国古代美人坐在高楼上弹琴筝之图。小楼两侧的柱子上挂着一副对联:"二十五弦弹月夜","不堪

---

① 长约180厘米的日本式古琴。

清怨却飞来"。其背面画的是月下人字形大雁阵，旁边可以看出两行字："堪比云路琴桥美，疑为大雁排成行。"

尽管如此，八重梅并不是津村家的家徽，也许是母亲的养父浦门家的，也说不定是新町艺伎馆的家徽。可能是母亲嫁到津村家后，就把已用不着的青楼时期的所用之物送给娘家人了。还有一种可能，当时娘家这边有一个与母亲年纪相仿的少女，乡下的外祖母是为了那个少女才收下的。此外还有可能是别人根据母亲的遗言，把她出嫁后仍长期留在岛内夫家的遗物送回故乡来的。不过，阿利姨母，以及年轻夫妇，都对那期间的情况一无所知。只是说，好像当时附有书信之类的东西，但现在已找不见了，只听说是"被送去大阪的人"送的东西。

此外，还有一个装附件的小桐木匣。里面装着琴马和琴甲。琴马是黑黢黢的硬木质地，每一个琴马上面都画有松竹梅泥金画。琴甲似乎用得相当久了，已经磨破了。津村对这些可能被母亲那纤纤玉指戴过的琴甲，感到不胜亲切，也把自己的小拇指伸进去试了试。儿时看见的仪态高雅的女子与检校在里间弹奏《狐唫》的画面，从他眼前一闪而过。那女子也许不是母亲，琴也并非这把琴，但母亲一定多次一边弹这把古琴，一边唱过那支曲子。津村那时候就想到，可能的话，自己要把这个乐器修好，在母亲的忌辰时，请一位名家弹奏《狐唫》曲。

关于院内的那座稻荷庙，是祖祖辈辈作为守护神来祭祀的，因此年轻夫妇也非常肯定就是信中提到的那个。当然，现在家人已没有人招狐狸了。由松小的时候，也常常听祖父讲起这方面的传说，但那"白狐命妇之进"已不知在哪一代就不再现身了。庙后面的米槠树荫下，只剩下狐狸曾经住过的空穴。他们领着津村去那里看了看，如今只有一条稻草绳孤零零地挂在洞口。

——上面交代的，是津村的祖母去世那年的事情，也就是说，距离津村坐在宫瀑岩石上向我讲述的此时还要早两三年。在那期间，他给我的信中提到的"国栖的亲戚"，指的就是阿利姨母家。不管怎么说，既然阿利婆是津村的姨母，她家当然就是津村母亲的娘家。因此之故，从那以后津村便重新同这家人开始走亲戚了。不仅如此，他还在生计上给予资助，为姨母家加盖了厢房，并扩充了抄纸作坊。虽说只是不起眼的手工作坊，但托他的福，昆布家从此家业兴旺起来。

其六　入波

"这么说来,你这次旅行的目的是……"

我们两个竟然没有注意到天色已暗下来,还坐在岩石上休息。当津村这段长长的故事告一段落时,我问他:

"——是不是找姨母有什么事呢?"

"对了,还有一个事忘记对你说了。"

尽管已是黄昏,暗得勉强能分辨出急流不断撞击在下面岩石上的白沫,但是听他的语气,我还是能觉察到津村说这句时脸上微微泛起了红晕。

"……就是我刚才不是说,我第一次站在姨母家墙外时，看见里边有个正在抄纸的十七八岁的姑娘吗？"

"嗯。"

"那个姑娘，其实是我的另一个姨母——已经去世的阿荣婆的孙女。那时候，她正好来昆布家帮忙。"

正如我所判断的那样，津村的声音越来越有些难为情了。

"刚才我也说了，那个女孩是地道的农家姑娘，完全算不上漂亮。天那么冷，还在凉水里干抄纸，手脚自然不纤细，粗糙得不得了。不过，我也许是受了信中那句'手指皲裂，皮开肉绽'的暗示吧，第一眼看见那双浸泡在水中的红通通的手时，我就情不自禁地喜欢上了那个姑娘。还有，总觉得她的面相长得好像同照片中的母亲有些相似。毕竟在农村长大，像个粗俗女佣也是没办法的事，可要是修饰修饰，说不定会更像母亲呢！"

"可也是。这么说,她就是你的初音鼓喽?"

"是啊,可以这么说吧。……我想把那个姑娘娶过来,你觉得怎么样……"

津村告诉我,那个姑娘名叫和佐,是阿荣婆的女儿阿素嫁到柏木附近的一户姓市田的农户人家后生下来的。可是由于家境不富裕,她念完普通小学,就被家里送到五条町去做了女学徒。她十七岁那年,因家中缺人手,便告假回来,此后一直帮家里干农活。到了冬天,田里没活儿的时候,就被打发到昆布家帮忙抄纸。今年她也差不多该来了,也许现在还没到。不过,比这更要紧的是,津村想先向阿利姨母和由松夫妇表明自己的这个心思。看他们的态度再决定是马上把她叫来,还是自己前去拜访。

"如此说来,我也有可能见到和佐小姐喽。"

"嗯！这次邀你同行，一方面也是想让你见见她，听听你的看法。毕竟我和她的境遇相差悬殊，就算娶了那位姑娘，日后是否真能生活幸福，对这一点我也不是没有担心。虽说我还是比较有信心的！"

无论怎样，我还是催促津村从石头上起了身。在宫瀑雇了辆人力车，赶往预定当晚投宿的国栖的昆布家。到达昆布家时，天已黑尽了。说到对阿利婆和她家人的印象，以及住宅样式、造纸作坊等，写起来过于冗长，而且前边已经介绍过了，我就不再啰唆了。只说几点印象深的：一是那一带当时还没电灯，一家人都围着大火炉在煤油灯下聊天，典型的山里人家的生活；二是炉中烧的是橡树、柞树、桑树等木头。据说由于桑木最耐烧，热感又柔和，人们总是喜欢塞很多桑木墩子进去，其奢侈程度远远超乎城里人的想象，令人瞠目；三是火炉上方的房梁和棚顶被熊熊燃烧的火苗熏得如同涂了一层沥青油般黑亮黑亮的。最后就是晚饭桌上的熊野青花鱼异常好吃。听说这青花鱼捕自熊野浦,而后被穿在细竹叶上翻山越岭拿出来卖的,可是,经过途中五六天乃至一周时间,鱼自然就被风干成了鱼干,听说有时还会被狐狸把鱼身上的肉啃得精光等等。

翌日清晨,津村和我相商之后,决定暂时分头安排行程。津村为了自己那个重大目的去说服昆布家人从中撮合。而这段时间,我在这里恐怕多有妨碍,便预定用五六天时间,深入到吉野川发源地一带,为那部小说采风。第一天,从国栖出发,前往东川村凭吊后龟山天皇的皇子小仓宫之陵。然后经五社岭进入川上庄,到达柏木后住一宿。第二天,翻越伯母峰,在北山的庄河合住一宿。第三天,参拜自天王宫殿遗址——位于小橡的龙泉寺和山北宫陵寝等,登大台原山,在山中住一宿。第四天,经五色温泉探访三公峡谷,时间允许的话,还想前去八蟠平、隐平,投宿樵夫的小木屋,或走到入波后住店。第五天,从入波再回到柏木,于当天或翌日回国栖。——我向昆布家的人问明地理位置和路线,大致拟定了这么个行程。而后,我和津村约好再见面的时间,祝他求亲成功,便上了路。可是临出发前,津村又对我说,他自己也可能亲自前往和佐家求亲,为保险起见,叫我返回柏木时,顺路到和佐家看看他在不在那里,并告诉我去她家怎么走。

我的旅行基本是按照日程推进的。跟人一打听,说是最近就连伯母峰顶的陡路也通了公共汽车,不用步行也能到纪州的木本了。和我当年旅行的时候相比,恍如隔世。那几天天公作美,得到的素材比预想的还多,前三天的旅途坎坷和劳顿都轻松地克服了。不过让我感到受不了的是进入三公谷之后。当然，去那里之前，我就常常听别人说起："那条峡谷可不是好玩的地方"，"什么？先生要到三公谷去？"因此我已做足了精神准备。于是，第四天我把日程稍加变更，改在五色温泉住宿，请房东帮助找了个向导带路，翌日一大早就出发了。

道路沿着发源于大台原山的吉野川逶迤而下，走到吉野川同另一条溪水交汇处，即被称为二股的附近时，路分为两条。一条直通入波，一条向右拐，由此进入三公谷。但是往入波去的大路自然可称为"路"，往右拐的这条，充其量不过是茂密杉树林中的一条羊肠小道，窄得只能踩着前面人脚印走。加上头天晚上下过雨，导致二股川的河水猛涨，几乎被水淹没的独木桥时隐时现，我们只好踩在激流翻卷的一个个岩石上过桥，有时候不得不爬着往前走。二股川再往里去有一条和它并行的"奥玉川"，从那里穿过地藏河滩，方能最后到达三公川。这两条河之间的道路，紧贴着高达数丈的悬崖峭壁蜿蜒而去。有的地方窄得只能侧着脚走，有的地方完全没有路，而从对面悬崖到这边悬崖，或架一根圆木当作桥，或搭一块木板为道。这些圆木、木板在空中相连，沿着悬崖腰间迂回盘行。这样的险要山路，换作登山家，当然是易如反掌，而我在中学时代机械体操就特别差劲，对于单杠、木马更是怕得不行。可那时毕竟还年轻，也没有现在这样胖，平地走个几十里不在话下。而眼下这个鬼地方却要用四肢爬行，因此问题不在于腿脚是否有劲，而在于全身的配合是否协调。想必我的脸色在那段路中肯定是一会儿白一会儿红的。老实说，若没有向导的话，说不定早在二股的独木桥那里，我就打退堂鼓了，只是在向导面前不好意思那么做。再者，一旦迈出一步之后，往后退和往前进都同样可怕，所以我只好硬着头皮颤抖着往前挪动双腿。

如此这般，尽管峡谷里秋色正浓，但我的眼睛不敢须臾离开脚下，就连时而在眼前飞起的小鸟振翅声都会吓我一跳，所以实在惭愧，没有资格细细地描述风景如何美。可我那位向导早已身经百战，只见他用山茶树叶代替烟袋锅，卷一卷烟丝，叼在口中，在这险路上行走如飞，一边指着远远的谷底告诉我这是什么瀑，那是什么岩。

"那是'贵人'岩！"

走到一个地方，他告诉我。往前走了不远，又说：

"那是'醉翁'岩！"

我只是战战兢兢地望着谷底，并没看清哪个是"醉翁"

岩,哪个是"贵人"岩。据向导说,自古以来,凡是帝王住过的山谷里,就必定有叫作"贵人"和"醉翁"岩的。所以四五年前,从东京来了一位大人物——不知是学者、博士①,还是官员,反正是个了不起的人——特意来看这山谷的时候,也是我带的路。当时那位先生问我:"这里有叫作'贵人'的岩石吗?"我就指着那块石头说:"有的,有的。"接着他又问:"那么有叫作'醉翁'的岩石吗?"我就说:"有的,有的。"又指着那个石头给他看。他感慨地说:"是吗?果然是这样!那么说,这里肯定是自天王住过的地方了!"然后就回去了。——尽管向导给我讲了这么多,我还是没有弄清这奇妙岩石名的由来。

这位向导还知道其他很多传说。他说,从前,从京

---

① 明治初年,特指大学教授、国史编纂者、西洋书翻译、掌管疾病治疗的高级官吏。

城来的追兵偷偷进入这一带的时候，怎么也找不到自天王住在哪里。他们一座山又一座山地搜寻，一天偶然走进了这道峡谷，无意中往河水里一看，发现从上游有黄金顺流而下。于是顺着黄金之流往上寻去，果然看到一座王宫。自天王将王宫迁到北山以后，每天早上都要去流经王宫门前的北山川岸边洗脸。可是他身边总是跟着两个替身武士，追兵分不清哪一位是自天王，便向一个经过那里的老太婆打听。老太婆告诉他们："那位从嘴里吐出白气的就是大王。"于是追兵突然袭击，取了大王的首级。而那个老太婆的后人，世世代代生的孩子都有残疾。

  那天下午一点，我走到了八幡平的小屋，一边吃便当，一边把那些传说记录在笔记本上。从八幡平到隐平，往返差不多有20里地，这段路反而比我早上那条险路好走多了。不过，无论南朝的皇族多么想逃避世人，那个山谷也实在不方便。"逃难避深山，身倚柴扉望明月，心心念皇天。"这句北山宫殿下的和歌，想来应该不会是在那里吟诵的吧。总之，三公之地或许还是传说大于史实吧。

那天，我和导游在八幡平的山里借宿一晚，主人招待我们吃了兔子肉。第二天，又沿着来时的那条路返回二股川。和导游分手后，我独自一人来到入波，虽然听说从这里去柏木只有七八里地，但是早就听闻这河边有温泉，就下到河边去，打算泡个温泉。与二股川合流的吉野川的开阔河面上架着一个吊桥，我走过吊桥，就看到吊桥下面的河边有温泉冒着热气。但是，把手伸进去试了试，温乎乎的，跟太阳底下晒热的水温差不多。有几个农家女在那温水里吭哧吭哧地洗白萝卜。

"不到夏天的话,这温泉泡不了。现在要想泡温泉的话,你看,要用那个浴盆装上水,再加热才行。"

农家女们指着扔在河滩上的铁炮浴盆①告诉我。

就在我扭头去看那个浴盆时,从吊桥上传来喊声"喂——"。我抬头一看是津村走过来,身后还跟着一个姑娘,大概就是和佐小姐吧。由于两个人的体重,吊桥微微晃悠着,嘎哒嘎哒的木屐声回响在山谷间。

我计划写作的历史小说,最终由于资料过多而没有写成,但那时看到的桥上的和佐小姐,不用说即是现在的津村夫人。所以说,那次旅行,比起我来,还是津村的收获更大。

---

① 通过铁管加热的浴盆。

图书在版编目（CIP）数据

吉野葛 /（日）谷崎润一郎著；竺家荣译. -- 北京：作家出版社，2024.11. --（谷崎润一郎经典典藏）.
ISBN 978-7-5212-3149-6

Ⅰ. I313.45
中国国家版本馆 CIP 数据核字第 2024TL6000 号

吉野葛

作　　者：[日]谷崎润一郎
译　　者：竺家荣
责任编辑：田一秀
装帧设计：芬　妮
出版发行：作家出版社有限公司
社　　址：北京农展馆南里 10 号　　邮　　编：100125
电话传真：86-10-65067186（发行中心）
　　　　　　86-10-65004079（总编室）
E-mail:zuojia @ zuojia.net.cn
http://www.zuojiachubanshe.com
印　　刷：河北京平诚乾印刷有限公司
成品尺寸：128×175
字　　数：34 千
印　　张：3.25
版　　次：2024 年 11 月第 1 版
印　　次：2024 年 11 月第 1 次印刷
ISBN 978-7-5212-3149-6
定　　价：39.00 元

作家版图书，版权所有，侵权必究。
作家版图书，印装错误可随时退换。